# 我住在台灣了！
## 港人居台第三年　　圖文／茶里

我從小就喜歡蹲在家裡玩網絡遊戲。

在那網絡初冒起的世代，

能透過電腦接觸世界各地文化…

對我們來說是很新奇的事情。

還記得那時很流行一些網頁遊戲網站，

那裡有不少由台灣人製成的Flash動畫…

當中也讓我漸漸接觸到不少台灣的文化。

因為語言相通，玩遊戲時也接觸到不少台灣網友。

每次被發現是香港人後…

他們都會很熱情的邀請我來台灣玩。

那時我只覺得，台灣人大多都很親切。

但在跟他們交流的過程中，

讓我漸漸對這個問題好奇起來…

長大開始打工後，終於能有去旅行的機會。

台灣這地方真的很大、很美，

即使來過十多次了⋯

我還是覺得不足夠。

開始創作後，我慶幸獲得一眾台灣讀者支持，
因此擁有了常常到台灣工作的機會。

我想，小時候的我一定沒有想到

長大後的某天

我竟然⋯

# 目  錄

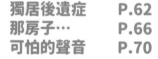 

## 我準備挑戰啦！

這章的順序好像有點怪怪的…

## 我適應台灣啦！

## 附　　錄

# 人物介紹

# CH1

剛來到台灣時，我先借住朋友的家裡。

（搬到台灣的香港朋友們）

這裡先非常簡單的介紹一下台灣的地區。

而我就住在南部的高雄。

16

也因此…

一個月只要

幾千港幣喔～

房子比香港
大好多喔！！

## 不是開玩笑，房子對香港人來說真的是惡夢…

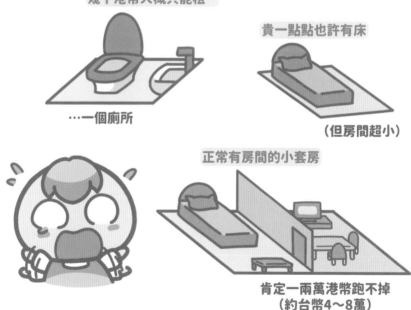

幾千港幣大概只能租…

…一個廁所

貴一點點也許有床

（但房間超小）

正常有房間的小套房

肯定一兩萬港幣跑不掉
（約台幣4～8萬）

因為香港房子太小，我從小就沒有自己的房間。

（每天都在客廳工作的我）

能自己擁有一間房間的感覺，原來真的很棒！

雖說香港的工資也較高，但物價真的太嚇人了…

即使台灣物價較低，搬來後我就需要自給自足了。

我在台灣居住的日子，就這樣開始了！

因為我在大學修過國語課，

請叫我⋯

國語小王子（自稱）

所以對自己的國語程度有一定的自信。

（夜市中）

我要三串豆乳雞屁股

但每次跟台灣人溝通時⋯

你是香港人嗎？

…卻每次都會被認出是香港人。

驚訝的是，每次他們之後都會說⋯

台灣是怎樣的地方，我還不太熟悉。

但我知道，台灣人們都非常親切喔。

# 行人路

台灣是一個很自由的地方，包括…

機車可以任意在行人路上自由奔走！！

因此走在行人路上時，也都要加倍小心。

記得初來台灣的時候，我總是不會過馬路。

因為在香港，車子不會在亮紅燈時轉彎。

行人燈亮綠燈了，就一定不會有車子經過。

但在台灣，有時甚至等了好幾圈都不敢過…

23

學機車後才發現，香港跟台灣的路面狀況很不一樣。

學機車經歷在第3章喔～

機車左轉要到
待轉區啊…

而台灣地方大，幾乎每人都必備一台機車…

我們從高中
就無照了啦～

某任房東

加上車子流量太大了，所以有意外也很難免。

這星期
第3宗了呢…

但這樣的交通也有個好處，那就是…

單車可以騎

很多地方喔！

因為香港很多地方都禁止騎單車，

這對喜歡騎單車的我是一大喜訊。

在大街上
迎風騎車

真的是
好享受呢…

…不過還是得小心機車就是了。

有一次在餐廳吃完飯到櫃檯結帳。

離開時，店員突然很驚慌的追出來…

怎…怎…　　　怎麼了？

沒小費？　　　偷東西？

是我長得太兇　　要抓我了嗎

…原來是我發票忘記拿了。

謝、謝謝…

你發票忘記了喔～

那時我才知道，原來發票在台灣很重要。

有一次我忍不住問台灣朋友⋯

因此，每次結帳後我也記得要拿發票了。

而領發票有個很好玩的地方，那就是…

發票上的號碼！

台灣每兩個月就會有一次發票開獎日，

只要號碼中了就能換錢喔！

有點像香港的六合彩～

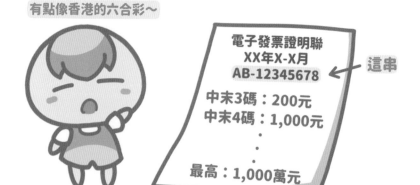

電子發票證明聯
XX年X-X月
AB-12345678　←這串

中末3碼：200元
中末4碼：1,000元
．
．
．
最高：1,000萬元

也因此，發票對獎成為了我的一大樂趣。

不過從小就沒抽獎運的我每次都只中200塊…

但持續兩年每期都中200塊的我，

應該是另一種幸運了吧XD

高雄的夏天很會下雨，甚至會連續下半個月。

那時候的我很擔心每天都不能外出。

沒想到朋友跟我說…

初來旅遊時，就已經覺得台灣的便利店很厲害了。

沒想到原來連煮飯的材料也能買得到！

有便利店在真的不愁三餐，實在太可怕了⋯

## 另一項我覺得很神奇的便利店功能就是…

## 台灣的網購居然可以貨到付款！

## 因為台灣的網購真的太方便了…

在網站下訂單　　　簡訊到貨通知　　　到便利店付款取貨

## 所以不知不覺也花了好多錢呢（？）

不過，便利店最神奇的東西我想是這個了吧。

*超商＝便利店

超商　　機台

不論影印、列印、甚至沖洗照片都能用它辦好。

甚至連買車票、繳帳單、寄貨都能用它搞定…

這真的不是

黑科技嗎…

有了它，看來我可以安心在台灣當廢人了呢。

不對！

小時候，香港的屋村社區有很多街頭小吃。

滿街的人都在擺賣，每晚都很熱鬧又歡樂。

魚蛋燒賣

炸蔬菜餅

西米露

雞蛋仔

格仔餅

那段時光對我來說是很棒的童年回憶。

好啦好啦～

我要吃宵夜～

34

但長大後，這些小吃攤現在幾乎都絕跡了。

即使坐在餐廳裡吃，感覺也跟以前不一樣。

在街邊比較好吃呢⋯

所以來到台灣後，看見那似曾相識的夜市⋯

走吧走吧

心裡居然有種說不出的感動。

我最喜歡的

雞屁股！

蚵仔煎

醬料很棒，
配上蔬菜中和剛剛好～

眾所周知（？）
特愛豆乳雞屁股！

地瓜球

雞肉串

又稱QQ球

甜甜的好好吃～

雞肉超嫩！

熱狗

炸麵皮太犯規了…

**台灣美食真的太多了，一不小心就會吃很多。**

**所以我每天都會騎一下單車當運動。**

**但當我經過夜市時…**

**結果就愈騎愈胖了（？）**

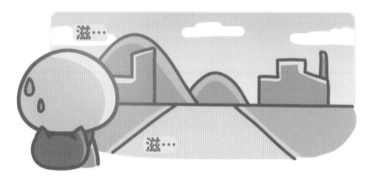

好熱，高雄也太熱了吧…

香港到處是高樓和商場，不太常會感到熱。

但台灣地方空曠，再加上高雄是出了名的熱…

到了冬天，更是短袖加薄外套走天下也沒問題。

這對喜歡冬天的我來說，是少數覺得遺憾的地方。

終於成功早起床了，看來今天終於可以…

吃台灣的早餐店啦！！

**台灣的早餐店豐盛又便宜，非常的吸引我。**

餐牌也太長

早安～

早餐店美食

個人排行前三名

鮪魚蛋餅

外皮酥脆、內裡鬆軟，
配上甜甜的魚肉和醬料超好吃

豬排蛋

法式吐司

用蛋皮包著豬排去煎，
配番茄醬一起吃好讚～

亦香港的西多士，淋上蜂蜜讓人想吃十片！

那就是…喝後必拉肚子的神物

## 大冰奶！

註：即大杯、冰的奶茶

聽網友們這麼說的我，馬上就去買了一杯。

結果並沒有事，大概我的胃是鐵造的吧XD

然後，我莫名的很喜歡早餐店某樣食物…

那是加入蔥花、蝦米、油條等配著吃的豆漿。

甜甜鹹鹹的好棒～

冬天吃最讚了～

可是，有些人卻會覺得…

那很噁耶！

我都不敢吃…

你怎麼能吃得下啊！

甚麼？！

不知道各位喜不喜歡鹹豆漿呢？（笑）

晚上我喜歡到大街上跑步。

看著空曠的街頭、一望無際的天空⋯

好像甚麼煩惱都一掃而空了。

但安靜下來時，腦海總會浮現許多想法。

充滿著各種期待與不安，

我的居台日子就這樣展開了。

# CH2

我開始獨居啦！

跟朋友住一陣子之後，差不多是時候⋯

找房 子啦！

在台灣，獨居好像是很平常的事情。

我以前住學校宿舍喔～
畢竟房租不貴。

工作的地方離家
很遠，所以⋯

從沒試過離家的我，對這種生活很好奇。

自己一個住的
感覺是怎樣呢？

會很寂寞嗎？
晚上會不會害怕？

還在香港時，我已經在網絡上找尋房間了。

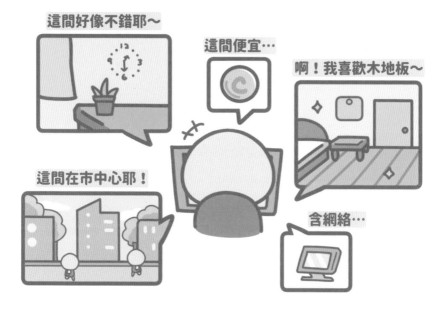

但就像人有照騙一樣…

理想 　　　　　　現實

# 房間也是有照騙存在的！

# 很多現實因素光憑照片無法看出來，像是…

# 而且台灣房子有分為「雅房」和「套房」。

因為好幾間的衛生都不太好…

雖說與別人共用衛浴廁所也不是大問題，但是…

因為好幾間的衛生都不太好…

我就打消了找雅房的念頭。

看過十多間後，終於找到理想一點的房間。

不過在看的過程中…

房東的態度非常差，我也就沒跟她租了。

之後看的幾間都讓人難以選擇。

不得不說，這段期間還蠻心累的。

正當我快要放棄時，突然…

原來是前幾天沒接電話的某個房東回撥了。

那時已經蠻失落的，就不抱期望的去看。

沒想到…

雖然空間不大，但位置方便、設施也都齊全。

重點是，房東的態度也非常親切。

沒想到，理想的房間在最後一刻讓我找到了。

就這樣，我的獨居生活開始了。

我通常兩三天就到大賣場買菜。

（煮食派）

台灣的賣場除了貨品齊全，

是港式
公仔麵耶！

還有試吃品很吸引（？）外，

買來當
宵夜好了…

也不及「這個」誘人…

……

# 家樂福的兒童玩具車！！

小時候跟媽媽買菜時，我超喜歡騎進買菜車裡。

台灣的小孩能騎這麼酷的車，真的好羨慕…

有機會的話，好想坐坐看喔…（？）

**一人食譜**

台灣料理雖然好吃，但經常在外面吃飯也不好。

吃完很容易口渴呢…

所以，獨居時我幾乎一星期有五天都是…

自 己 煮！

但一個人吃飯有個問題，就是份量不能多。

好想煮回鍋肉三杯雞大鍋湯

這時候就要弄一份「一個人的菜單」啦！

# 一個人吃甚麼

## 義大利麵

洋菇洋蔥切碎、倒入肉碎一起炒熟,再加進煮軟的義大利麵倒入喜歡的醬汁,一次可以煮一大盤吃好幾天～

白醬紅醬

也好吃

搓

搓

用牛、豬絞肉加上洋蔥碎、雞蛋拌在一起,搓成圓形煎,配上黑椒汁很好吃喔～

## 漢堡排

(加上起司更讚)

## 煎鮭魚

懶的話會直接到市場買一塊鮭魚或鯖魚灑上薄鹽煎熟,好吃又健康～

## 煎鯖魚

配飯一流喔

有時候，逛台灣的市場也有驚喜。

喔喔這菜
第一次見耶！

台灣的蔬菜又甜又好吃，我都很喜歡吃！

青江菜（小棠菜） 兩款菜都

甜菠菜

脆脆甜甜的

虱目魚
肉質軟嫩的魚肉

喜歡加進番茄…

變成 番茄蔬菜魚湯！

有時懶得煮，就會喜歡到樓下的小餐廳吃飯。

我尤其喜歡台灣的家常小菜，像是…

魯肉飯

配上醬汁
可以吃三碗

皮蛋豆腐

涼涼的小菜
吃了很消暑

牛肉湯餃

以為是牛肉餃，
結果是牛肉湯+餃子XD

台灣美食太多了，真怕一不小心就吃胖了呢。

独居後遺症

你們獨自在家的時候會做甚麼呢？

剛開始獨居的時候，我總是很興奮。

可以做平常
不敢做的事了！

耶！

像是隨意跳舞…

或是瘋狂唱歌…

無能為力接收～

就放手～

讓我走～

欸等等，這根本是我平常就會做的事情啊。

獨居生活跟我想像中的不太一樣。

沒有隨時可以講話的人，其實有點寂寞。

偶爾可以找朋友玩的時候總會特別興奮。

但也許是太久沒說話的關係…

每次講話時都會有些結結巴巴的。

跟朋友聚會像在做講話復健…

不過，獨居最大的優點莫過於能專心做事了。

創作時，有安靜環境做事能讓效率提升許多。

只是，有時候的日子…

偶爾，也會感到寂寞呢。

我從小是一個很膽小的人。

恐怖電影，甚至是可怕的廣告也不敢看。

獨自旅行時，也要開著飯店的燈才敢睡。

有一段時間，我在高雄某幢大廈住過。

那幢大廈是非常有名的…

…沒錯，邪氣很重。

**也許是心理作用，晚上時房間裡確實會怪怪的。**

像是奇怪的敲打聲… 　　　奇怪的水聲… 　　　常出現奇怪的髒漬…

**再加上一個人住，難免會胡思亂想。**

**所以有一段時間，我都早上才敢睡覺。**

終於
天亮了

有一天晚上，我被那些敲打聲吵得睡不著。

不知怎的，一氣之下我就大喊…

安靜下來後，我就繼續倒頭大睡了。

獨居會讓人變得勇敢…我想，也許是吧。

…電費跳錶的聲音了。

獨居時住的房子，電錶箱剛好在我的頭頂。

每次看電度繳電費時，心都會揪痛一下。

以往跟家人一起住，電費平均分攤比較划算。

但一個人住的時候，怎麼都覺得很浪費。

所以，我照著房東的建議執行一些省電妙法。

冷氣開定時
外加電風扇

不洗澡時
熱水關掉

燈別開那麼多
離開時都關掉

**只要注意別浪費，其實電費也沒有很貴。**

**但一到了夏天…**

**好吧，看來我真的不是省電的人才。**

說到我最喜歡的台式餐廳，那就莫過於…

涮

涮

鍋！

記得以前來台灣旅遊時，它讓我非常驚訝。

一人一鍋…

而且只要一百台幣？

而且我喜歡自助形式的餐廳，所以常常來吃。

白飯吃到飽

飲料無限暢飲

香菜多加一點～

（香菜＝芫茜）

啦啦…

在香港吃火鍋時，我總是不喜歡配白飯。

但來到台灣後，發現火鍋肉配飯驚為天人…

我開始懂得…

為甚麼台灣人一年四季都愛吃火鍋了。

小時候，我身邊總是有很多朋友。

長大後認識的人多了，也常常有聚會。

就算在家裡，也有家人陪伴著我。

回想起來，這輩子我很少有獨處的時間。

雖然會寂寞，卻是我難得靜心思考人生的日子。

我不知道未來的我會是怎樣，至少…

這一定是我這輩子無可取代的珍貴時光。

垃圾分類原來要做得很仔細。

# CH3

我準備挑戰啦！

考機車囉

還在香港的時候，哥哥常常問我要不要考車。

但因為香港交通很方便，加上自己害怕駕駛…

（因為地方太小）

所以即使來了台灣也都不敢考駕照。

只是，當我在台灣住久了以後就發現…

買菜回家不太方便　　　　想去遠一點的地方玩但交通很麻煩

再加上高雄可怕的夏天…

……

然後，我就下定決心考機車了。

← 網上報名

81

找資料後，發現考駕照的程序很簡單。

先做體檢　　　　再考筆試和路試　　　　人生一片美滿

…難的是它的過程。

我路試考3次才過，有些人還失敗5次…

筆試很容易不合格，要背很熟！

（上討論區找大家的感想）

因此，我在考試日前不斷的溫習試題。

號誌…
（交通燈）

情景題…

有一些題目很簡單，用常理就可以作答。

危險標誌　　右轉

但有一些題目，不背你根本不知道答案⋯

（長超像⋯）

僅准直行、單行道

心肺復甦不可
中斷超過幾秒？

載物不可超過後輪幾公尺？

更難的是一堆手勢，看得眼花撩亂。

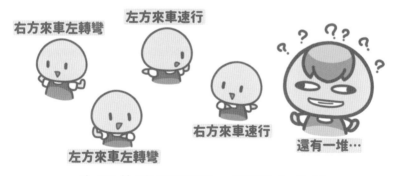

右方來車左轉彎

左方來車速行

右方來車速行

左方來車左轉彎

還有一堆⋯

也因此我溫習了一整天才合格。

網上模擬考卷
↓

到了考試當天，我養足精神到考場。

登記好後，考生們需要先進行體檢。

簡單的量高度體重

還有蹲下站起來

接下來就去上兩小時的道路安全課程了。

不得不說，這課程真的震撼感十足…

因為過程中會不斷播放恐怖的車禍片段。

…讓你完全不敢對馬路有不敬之意。

被嚇完…不對，上課完後就要進行筆試了。

筆試用電腦進行，全部都是選擇題。

而因為溫習很充足，我以96分成績通過考試。

筆試完結後，終於來到重頭戲⋯

考場有一個模擬場地，

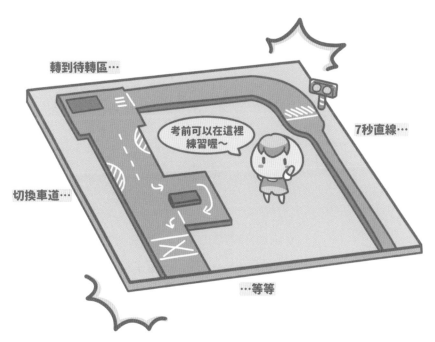

考生要實際駕駛機車進行考核。

因為我還沒有機車，所以在考場借用。

怎料考官很驚訝的對我說…

我才發現，其他考生都是自己開機車來的。

可是，開機車來考機車…

借到機車後，考官先讓我習慣看看。

本想靠著之前練習的感覺來開，應該沒問題。

怎料⋯

轟————！

因為還不習慣，所以差點就衝了出去⋯

練習了一會後，就開始正式考核了。

一開始、也是最難的部分就是這個…

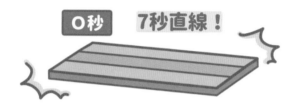

機車必須在直線上行駛7秒，可多不可少。

被稱為殺手題的它，果真幹掉了不少考生。

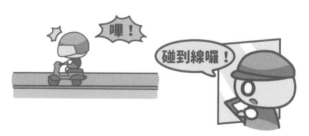

**第一次考核時，我緊張得忘記看秒數。**

**還好有第二次的機會，這次我全神貫注…**

**在心無雜念（？）下，成功通過7秒直線！**

過了殺手題，接下來的考核都不太難。

等紅綠燈

轉到待轉區

有些人會敗在轉彎區

完成所有考核後，就要等待考官計算分數了。

在等待成績出爐時，超級膽戰心驚的…

即使再擔心，該來的還是要來。

還好，我成功通過考試了！

拿到成績表後，當天就能領到駕照。

看著手中的駕照，感覺有些不可思議。

第一次考到駕照的心情，原來是這麼棒。

不過，因為高雄的交通很危險…

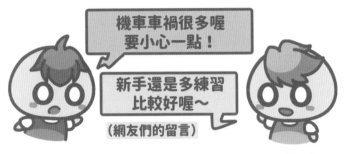

所以，我還是不敢太快就開出馬路。

但即使這樣也好…

我考到駕照啦！

順帶一提，取笑我的那幾位考生…

一開始在直線7秒就被幹掉了。

故事是從一個下雨天開始的…

那天出門時，天氣還好好的。

太陽真猛

但買完便當準備回家後…

就開始下雨了。

因為下雨地滑，所以我都慢速駕駛。

怎料，一輛違規小卡車突然從路口衝出來…

我雖然馬上煞車，

可惜…

我

出車禍了。

撞車後的那刻，我腦袋一片混亂。

下來看的卡車司機 →

原來在生死關頭時，腦內想的東西…

是凌亂無比、而且是你完全控制不了的。

但腦袋再混亂，我還記得開口的第一句話是…

然後，用顫抖著的手把案發現場拍下來。

這都是為了保護案發現場，

以及保護自己的行為。

接下來的事情，我的記憶相當模糊。

我好像有跟卡車司機談話過。

也好像有跟親友通報出車禍了。

但印象最深刻的，就是我的手機屏幕上⋯

沾滿了鮮紅色的血水。

警察不久後來了，我的意識也恢復正常一點。

警察看我還清醒，就先分別替我們作筆錄。

這時我很擔心，會不會有糾紛之類的。

**作完筆錄後，警察就把三聯單給我們。**
（交通事故證明的單子）

**這時，卡車司機走過來跟我說…**

**其實我很生氣，但他看起來很誠懇…**

**所以，我就坐著撞我的那輛車去醫院了。（？）**

到醫院後，也許是因為放鬆下來了…

我才發現原來右大腿後方整個被燙傷了。

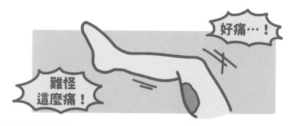

而醫護人員們雖然長著慈祥的臉孔，

…但下手完全不手軟。

**護理完後，報告的大致狀況是這樣。**

右手骨折

全身多處擦撞瘀傷

右大腿後方燙傷

**雖然傷到右手不能畫圖，我很不高興。**

這下子
不能工作了…

**但萬幸的是…**

還好臉沒有
受傷啊啊啊…

照鏡子前超害怕

接下來，卡車司機都很熱心的處理事情。

在交流的過程中，也對彼此加深了認識。

其實，我對他的戒心還沒有放下。

不過發生車禍，想必大家都不好受吧。

後來，他帶我去把機車修好…

也替我買好了需要的醫療用品。

說實話，雖然遇上車禍很倒楣…

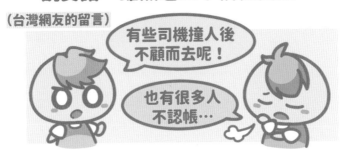

但遇上他，我猜算是不幸中的大幸了。

到了和解的日子，其實我心情蠻複雜的。

雖說他態度和善，但犯錯了也是事實。

現在無法工作…

醫生說大腿的傷可能會有疤痕…

加上未依規定讓車是事故的大宗…

最後，我還是定下了個合理的和解金。

然後彼此不再追究事情了。

本來的我很喜歡騎機車吹風。

但在這次事件之後，我就很少再騎了。

馬路真的如虎口，各位也要小心駕駛啊！

看見一台機車戴著 3 人 1 狗的奇景。

在高雄好像是日常…

# CH4

我適應台灣啦！

我從小是個家裡蹲，很少會外出玩。

都在打電玩　　或是看書

但工作久了，偶爾也想到外面放鬆一下。

今天天氣真好…

所以這兩年來，跟朋友探索了不少娛樂活動。

港人探險隊！

捷運車站賣的麻糬

GO！

**一開始還年輕（？）時，最喜歡到遊樂場玩。**

（在大魯閣草街道）

**雖然體力消耗很高，而且有點小貴…**

**但很適合跟朋友一同遊玩。**

後來住習慣了，就比較喜歡到家裡附近玩。

台灣的KTV跟香港差不多，主要的分別是⋯
（比香港便宜一點）

⋯廣東歌非常少。（理所當然的）

而且因為版權問題，MV畫面也都很奇怪⋯

**玩累了，晚上就喜歡到按摩店放鬆。**

**台灣四處都是按摩店，而且都不太貴⋯**

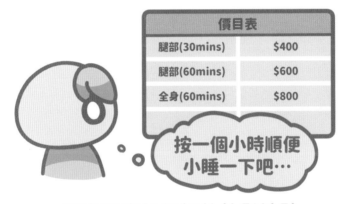

| 價目表 | |
|---|---|
| 腿部(30mins) | $400 |
| 腿部(60mins) | $600 |
| 全身(60mins) | $800 |

按一個小時順便
小睡一下吧⋯

**是遊玩完後很好的放鬆地點。**

小力一點
啊啊啊啊！

有一天，我在路上發現了一間店…

那時我心裡非常興奮。

於是帶著朋友們到釣蝦場準備大戰（？）時…

**沒想到過程非常無聊。**

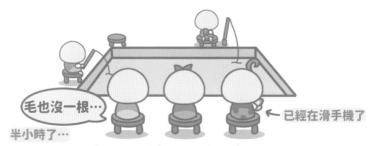

**直到終於有動靜時⋯**

**⋯從此以後，我們再也沒去過釣蝦場了。**

有一次我的單車壞掉了，輪子整個掉了下來。

我不會修理，單車店也關門了所以很苦惱。

這時有位路過的伯伯跑過來⋯

接下來他二話不說的蹲下來幫我看看單車。

搶修了快半個小時，他笑著對我說修好了。

看著他黑漆漆的手，我既感激又感動。

別客氣啦～

請收下這個！

（馬上到附近商店買的禮盒）

一個女生晚上在外面很危險喔

早點回家吧，下次騎車小心喔

台灣人真的好貼心，而且很善良…

真的很謝謝你們啊！

在香港，說到自助餐我們會想起這個。

但在台灣，自助餐是一種便當的形式。

夾完菜後，交由員工計算餐費…

有點像大學食堂的感覺。

在一開始我常常有這個疑問。

因為即使是同款菜色，每人份量也不一樣。

所以常常會出現這種狀況。

經驗較豐富（？）的台灣網友們都這樣說…

於是，我就按照網友教的方法去做。

也許是巧合，但沒想到真的更便宜了…

但是，還有一招隱藏的絕技是…

於是，猜每天自助餐的價錢成為了我的小樂趣。

自助餐店真是個神奇的地方啊。

有一天晚上，我騎單車到公園吹風。

突然有一台機車停在我旁邊…

原來是一位問路的路人。

正當我沾沾自喜（？）的時候…

卻發現那路人一直跟在我身旁看著我。

那時我有點怕怕的，就開口跟他說…

那人安靜了一會兒，就回頭走了。

沒想到過了不到30秒，突然發現…

那人正逆線騎車回來我這邊！！

而且還擋著我的路不讓開。

那時的公園剛好沒甚麼人，我非常害怕…

這時，我發現了不遠處有警察局！

於是我馬上騎往警察局的方向，然後大喊…

還好，那人馬上落荒而逃了。

第一次在外地遇上怪人讓我又驚又怕。

總之，我再也不敢在晚上逛公園了…

雖然很多台灣人都說…

唉喲～

我們台灣
沒有很大啦～

但在香港人眼中，已經是超大片的土地了…

光是從北到南…
最快也要快3個小時

坐火車客運的話更久

因此，搬家去工作、遠距離戀愛…

我搬到台北
工作囉～

我們一個月
見一次呢…

也是常有的事。

遠距離戀愛

我偶爾會跟台灣的情侶朋友吃飯。

遠距離很艱苦，但他們仍然跨過了。

想著「真了不起」的同時，沒想到後來…

我也擁有過一段島內的遠距離戀愛。

因為住一南一北，我們不能常常見面。

所以，每次見面都特別珍惜相處的時間。

明明只是三個小時的車程…

但每次上車回家時，

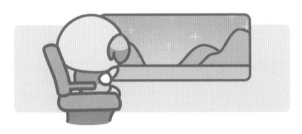

都好像覺得隔著三萬公里般遙遠。

台灣的男生，是溫柔和善良的。

也總是對我照顧有加。

雖然那段日子並不算長，

但這是我在台灣擁有過最難忘的回憶。

今天，我心血來潮決定騎車上山看日落。

因為坡度很斜，所以車子都騎得很慢。

到了山上，大家都下車，

慢慢的走到海旁。

我走到大岩石上，

看著太陽緩緩落下。

一切都很慢。

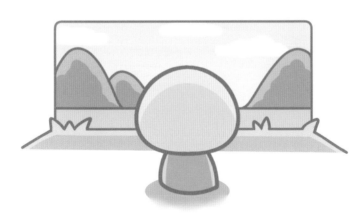

一切都讓人很放鬆。

我已經忘了多久沒有放鬆過，甚至忘記怎麼放鬆了。

在步伐急速的香港，每天都被時間追著跑。

工作要很快、走路要很快、講話也要很快，

幾乎沒有喘息的時間。

而在這裡，我開始學會怎麼停下來，

開始懂得欣賞身邊的一切。

能慢慢的感受時間流逝，慢慢的感受一呼一吸⋯

我想，這就是我最喜歡台灣的地方吧。

## 居台日常小筆記

女高中生的校服都很可愛！

台灣 問答錄

**Jasmine Cheang**
台灣平均消費是不是真的比香港便宜很多？

要看地區喔！南部比較便宜，北部沒差多少。
比如說香港一個便當平均要40港元，
南部15港元就能搞定、北部就要30港元左右。
但不論南北房租也一定比香港便宜多了！QQ

**Ben Lo**
請問茶里對於「台灣三寶」有何想法？

自從出車禍後，我就不太敢騎機車了。
台灣交通真的蠻危險，半路衝出來、衝紅燈、
逼車的情況常常有，而且機車太多、又跟大車
擠在一起，每次開車都像在賭命一樣。（？）
*三寶即在馬路上最會造成危險的人。

**二師兄**
**看到港式料理會嗤之以鼻嗎？**

台灣的確有不少港式料理店，身為香港人看到
蠻有親切感的。而兩地料理方法真的不一樣，
尤其我住在南部，食物都變得比較濕和甜，
一開始吃的確有點不習慣。XD
不過，港式點心店的食物整體感覺都OK喔！

是師兄！

**Cat Meow**
**除了結婚和唸書，還有甚麼方法移民定居？**

目前主要途徑是投資、專業技術、創業、
結婚和唸書。要注意的是，如果並非在台灣
的大學畢業，那在台灣工作多久也不能申請
定居喔（專業技術除外）。
*移民細則隨時有變，還是到台灣移民署看比較準確喔。

**黃智強**
**最好吃的台灣食物是？**

# 雞─屁─股～～～！

139

# 後 記

## 我住在台灣第三年了！

這是當初第一天搬來台灣時，我沒有想到的事情。

從小時候接觸台灣起，就對這個地方很好奇，一直都想多接近它一點。這想法一直蘊釀著、成型著，結果機會真的來臨時，我知道是時候緊抓著它了。

在搬來台灣的初期，我是感到興奮、新鮮的同時，又帶著一點不安、惶恐和迷惘。第一次離鄉背井、獨自生活，也因為遠距離結束了一段四年的感情，讓我就像迷路了一樣，不知道自己身處在哪裡，也看不清前方的路。

但隨著日子一天天的過去、認識一點點的加深，我對台灣這個地方就愈加喜愛。漂亮的風景、緩慢的節奏、溫柔的台灣人們，都漸漸把我的陰霾掃去，取而代之的是安心、愉悅，和一股向前走的動力。

第三年了，說長不長，說短也不短。在這個地方，我體驗了許多前所未有的事情、也遇上了不少特別的人。縱使有好有壞，這一切都改變了我的人生軌跡，把我帶往一個未知的高度，讓我脫離一直遊走在十字路口的困境。

謝謝台灣，也謝謝曾對我伸出援手的人。

喜歡一個地方，除了想到你喜歡它的甚麼，更要想的是，你能為這個地方做甚麼。希望未來的日子，我也能一直站在這片土地上，守護著台灣的美。

感謝看到這裡的你，也希望你會喜歡這本書喔。

2020年6月下大雨的晚上

# 我住在台灣了！
## 港人居台第三年

| | |
|---|---|
| 作者 | 茶里 |
| 出版經理 | Venus |
| 責任編輯 | 賜民 |
| 設計 | 茶里 |
| 出版 | 夢繪文創 dreamakers |
| 網站 | https://dreamakers.hk |
| 電郵 | hello@dreamakers.hk |

facebook & instagram@dreamakers.hk

| | |
|---|---|
| 香港發行 | 春華發行代理有限公司 |
| | 香港九龍觀塘海濱道171號申新證券大廈8樓 |
| 電話 | 2775-0388 |
| 傳真 | 2690-3898 |
| 電郵 | admin@springsino.com.hk |

| | |
|---|---|
| 台灣發行 | 永盈出版行銷有限公司 |
| | 台灣 231 新北市新店區中正路499號4樓 |
| 電話 | (02)2218-0701 |
| 傳真 | (02)2218-0704 |
| 電郵 | rphsale@gmail.com |

| | |
|---|---|
| 承印 | 美雅印刷製本有限公司 |

香港初版一刷2020年7月
　　 初版三刷2022年7月
ISBN: 978-988-79894-8-6
Published and Printed in Hong Kong

定價 | HK$98 / TW$390
上架建議 | 圖文漫畫 / 流行讀物 / 生活文化